大好文學 1

我愛・機車男

高小敏——著
Bai Lee——插畫

目錄

推薦序

要做，就要做到最好！

新女性減重學院
創辦人　陳玉崑

小敏哥是演藝界、商業界的奇才！其特有的人文風格、正派與獨特的專業知識，令人一接觸後，永遠無法忘懷！

與小敏哥的認識，是十多年前共同合作一個商業的宣傳活動，從藝人的打扮、登台、節目的安排、場地的佈置等等，無不精心設計，可見他做事的風格都是細心精緻！

他常常提到：要做，就要做到最好！不然沒人會在意你的存在！希望小敏哥能夠在未來透過更多的著作、作品，繼續為我們現代的社會，帶來更多影響與啟發！

祝賀這本即將開拍電影的青春文學、電影小說《我愛・機車男》大賣。

推薦序

年輕人，就要這樣勇敢追求理想

導演　李俊辰

第一時間聽說良師益友又親如家人的小敏哥，又要出第七本新書了，非常高興。因為這意味著又一部濃縮他生命與心血的作品，就要孕育問世，與兩岸三地廣大青年讀者見面，而且聽說這部小說從構思到落筆完成僅用了七個晚上，不得不再一次被高小敏老師集萬千寵愛於一身的横溢才華，和下筆神速的多量高產作品所折服。

單看書名《我愛．機車男》，畫面早已讓人浮現眼前，城市中有一群自由像風一樣的男子，他們神秘莫測、來去無蹤，轟鳴的機車馬達聲、帥氣逼人的硬朗皮衣，加上後座陪伴他們勇闖天涯的長髮美少女，便是他們令人豔羨的一個個標誌……

這是一部描寫一群當下年輕人，勇敢追求自身理想的勵志青春文學小說，而且聽作者說，還是一部非常引人入勝、充滿正能量的書。我頓時升起了強大的好奇心，高老師是娛樂圈資深前輩，作為最早打造出無數知名娛樂節目與培育許多知名藝人的幕後英雄，他為什麼選擇在歷經了數十年娛樂圈人生風雨浮沈後，要為現今年輕人構思一部機車題材的作品？這部作品，後續難道還有更大的創意構想？可惜目前電影作品還沒看到，不能透露太多，但是對於這位著作頗豐的良師益友，我先來掀開一層神秘的面紗。

和高小敏老師相識到今天已經是第十三年頭，給我印象最深的是，他是一個精力旺盛，創意靈感無窮，身兼數職又能游刃有餘的工作強手。為人低調謙虛誠信待人，與世無爭但又才華洋溢，熱心助人、身份多樣：電視製作人、作家、經紀人、導演、唱片監製。各個領域都能大展拳腳，而且成績斐然。

他平易近人、幽默風趣又有藝術家氣息，常令友人如沐春風。他內心柔軟善良又重情重義，不論對待家人還是對同事、朋友，都大方照顧與真誠幫助。

他又是一個誠信正直、有準則、有信仰、有愛心、幫助弱勢且充滿正能量的人，他的作品常常帶給年輕人，人生啟發與正面思考。

正如高老師第六本作品《不要小看你自己》，全書以著名一線藝人和主持人的成長經歷為案例，探討當下關於年輕人成長、成功的一些共同話題，對於時下浮躁而不淡定的社會提出真切觀察的同時，又不失正能量與人文關懷。

作為金牌電視製作人高小敏的第七本新書最新力作《我愛．機車男》，這裡面到底有哪些為年輕人解答的最新錦囊秘笈？我想書中的答案，一定會是個大大的驚喜！

非常期待有緣的年輕朋友一起來好好讀這本新書，走進作者充滿藝術思考與想像力的故事世界，這是一本值得書迷收藏的小說。

祝賀小敏哥第七本新書《我愛．機車男》大賣！

推薦序

大起大落大風大浪，這才是人生的真諦

導演　郭洪奎

高小敏老師的最新作品《我愛．機車男》是一本青春文學愛情小說，作為八〇後的這一代，兒時都有一個機車夢，作為男人的我，從小就有對機械的熱愛，小時候的我聞到汽油味都覺得特別的香，不像同齡的孩子聞到汽油味覺得噁心，在我八歲的時候第一次接觸機車，從那時起我就對機車產生了興趣。

機車，在生活中是不可缺少的交通工具。《我愛．機車男》這本書，講述的是一個酷愛騎機車的男孩子通過一台機車，認識了一群志同道合的朋友找到真愛的故事，故事溫馨感人勵志。

故事中的男主角，似乎就在你我身邊：一位送外賣的男生，在取下安全帽那一刻帥爆了，機車的車技可以超出你的想像力，這本書裡面另一個亮點是女機車手，女孩子騎機車而且還是一位千金大小姐，一個身材苗條的女孩子看似跟機械扯不上關係，然而在日常生活中不少女孩子喜歡騎機車。

這本書是一部人生教育史，默默無聞到一舉成名，其中經歷了多少坎坷，只有故事的男主角自己心裡清楚，從一個高高在上的冠軍，還原到本來的平淡生活，看看身邊的人，誰又不是如此呢？

大起大落大風大浪，這才是人生的真諦。這是一本值得書迷收藏的青春文學愛情小說，祝高老師新書大賣。

推薦序

深情的祝福與感動

星酷傳媒董事長　簡宮銘

小敏老師，是一位溫暖如陽光的男人，低調謙虛，幫助過許多的藝人，認識他的娛樂圈圈內朋友，肯定都有同樣的感受，溫暖的問候總是驚喜的讓你感動，深情的祝福總是會讓你舒服的接受，感覺像是家人超出了朋友的界線。我會像支持家人一樣支持你我的高老師，祝賀第七本新書《我愛・機車男》青春文學愛情小說新書大賣。

推薦序

不怕辛苦，堅持完成的初心

藝人　洪蓉

從踏入演藝圈，小敏哥一直都非常照顧我，他擁有強大的正能量，即使在低潮的時候，只要他輕輕的一句話，就能帶給人無限的希望還有信心，平時即使他很忙碌，對於朋友有需要，他總是第一時間現身，讓人感覺暖暖的。我記得曾經在創作歌詞時有些困惑，我請教了小敏哥，無意發現他寫作時是一個字一個字書寫的，字體漂亮端正，思緒清楚有條理，我當下非常佩服與崇拜，感受到他的做事態度，不怕辛苦還有堅持完成的初心，真的讓我學到了很多，小敏哥是一個具有感染力的人物，作品一定能帶給大家不同凡響的感受，在這裡預祝小敏哥新書大賣。

推薦序

漫遊世界，享受生活，不斷帶給我們驚喜

電影特效化妝師　趙寧寧

聽說小敏哥七天就寫了一本新書《我愛．機車男》，真是太厲害了！我的印象裡他是一位非常有才華又善良很有愛心的暖男，在公眾面前他既是導演、製作人、監製、明星經紀人，他還是一位風趣的暢銷作家，喜歡跟各種小動物用自己的方式交流，喜歡一個人漫遊世界享受生活，體驗各種風土人情和文化，然後再把自己的心得趣事紀錄下來呈現分享給大家，之前的幾部作品《不要小看你自己》，《小敏輕鬆玩》，《第一次養魚就上手》，

《你明明知道我在等你》，《你騙我我騙你》等書，讓書迷大開眼界。這次非常期待濃縮於精華的七天之作，小敏哥的第七本新書《我愛．機車男》會帶給我們怎樣的驚喜，預祝敏哥新書大賣！

還記得五年前第一次見面，小敏哥就非常幽默的撮合我跟我老公在一起，直到最後修成正果成為夫妻。

現在我們真心希望小敏老師的幸運女神，早點來敲門趕快結婚，書迷們記得去書店買書支持高老師的第七本新書，這本小說值得大家收藏。

推薦序

用心把愛連結，讓彼此都綻放火花

藝人　蘇意菁

良師益友小敏老師，認識你的時候，是公司幕後助理，如今從創作、寫作、導演、製作到公益，一路向著標竿直跑，在每段關係裡用心把愛連結，讓彼此都綻放火花，感受是如此開心與感動，祝福福杯滿溢，平安、喜樂。

《我愛．機車男》是一本值得收藏的書。

推薦序

對愛情、事業、人生，有莫大啟發

藝人　王子瑜

接觸過高小敏老師的人，都會對他有深刻印象，為人誠信正直低調又謙虛重情義，幫助過許多圈內藝人。他擁有積極向上的人生態度，總是對處於低谷狀態朋友主動鼓勵；腦子裡時刻裝滿了無數的創意點子，又會全無保留的告訴你、點醒你。一切只要是正能量又能觸發你進步的思想，都能給你啟發，讓你不得不佩服他！《我愛．機車男》是高老師的第七本書，相信每一段感情都是上天早已安排好了的，每一個成功的人都要付出很大的努力，這本書充分的詮釋了感情和奮鬥這兩樣人生不可或缺的歷程！強烈介紹大家一定要細細品味，這本書中描寫的人生百態，也許會對你的愛情事業人生有很大啟發及改變，祝新書大賣銷售長紅。

推薦序

值得書迷收藏的青春愛情小說

藝人　吳玟瑾

好友金牌電視製作人高小敏的第七本新書《我愛・機車男》，是一本描寫成長勵志的愛情故事，看他的小說您會領略到特別的感覺和風格，朋友們一起來分享！

這是一本值得書迷收藏的青春文學愛情小說，祝高導新書大賣。

推薦序

生命，可以活得更加精彩亮麗

花樣年華文化傳媒董事長　姜茜

每個人的成功，都是依靠堅持努力而獲得的，也許你迷茫過、傷心過，但看了這本由著名影視製作人、策劃人、明星經紀人、導演及暢銷作家高小敏寫的第七本新書，會使自己懂得人生的意義所在，使自己的生命活得更加精彩亮麗。

小敏哥為人低調謙虛，深具愛心常常號召大家關懷弱勢做公益，為人誠信正直有擔當。

祝賀小敏哥新書出版大賣，
祝福我們的合作持久長遠。

推薦序

幫助懷抱夢想的人找到方向

綠葉U+創辦人　楊光

感恩小敏哥長久以來對我的鼓勵和支持，您是我生命中的良師益友好大哥。在此新書即將出版之際，預祝《我愛．機車男》小說大賣，此書能幫到更多懷抱夢想的人找到方向，進而實現夢想，一本值得大家收藏的書。

推薦序

鼓勵年輕人，走出你的一片天

牙醫師　許卉

小敏哥給我的感覺，是一位對生活充滿熱情，積極向上正能量很強，對工作認真負責，非常努力的一位好友。很喜歡高導的第六本書《不要小看你自己》，舉出了很多現代年輕人普遍遇到的問題，首先要了解自己、管理好自己，才是最好的開始，其次你要成為有自信的人，才能走出你的一片天，打造一個有創意的未來。才華洋溢的小敏哥，今天出版了第七本新書《我愛·機車男》，已經等待很久的書迷們，記得去書店買來收藏，祝賀小敏哥的新書大賣！

推薦序

充滿創意、極具柔情的鐵漢子創作人

新女性健康纖體中心董事長　羅翊華

我認識的小敏哥是一位充滿創意、極具柔情的鐵漢子創作人。

他是個外冷內熱的人，他正直誠信、為人低調，默默熱心助人及公益活動，不求名利的性格。行事風格重情義，從不多問世俗事，具有在現今社會中難得一見的俠客風範，是一位值得尊敬的大人物。

祝福小敏哥新書大賣，持續創作出更多的好作品。

推薦序

熱情、真誠、重情義

藝人　姜承鳳

我認識的小敏哥，是一位對工作有十分熱情，為人老實又真誠重情義很照顧大家，謝謝您為大家貢獻了這麼多作品，感恩有您，祝《我愛・機車男》青春文學小說新書大賣！

推薦序

低調謙虛、才華洋溢

綠葉U+創辦人　張雪雁

他低調謙虛
他樂於助人
他熱心公益
他才華洋溢
他是高小敏
著名製作人
祝新書大賣

作者序

那一天，想起年輕時的夢想

記得踏入社會的第一份工作，是在電視製作公司擔任執行製作，持續天天學習、累積各職務工作內容，實際操作執行了解每個重要環節，一步一步做到擔任電視節目製作人。

在娛樂圈多年，從兩位前輩菲哥（張菲）與瓜哥（胡瓜）身上，學習到工作成長經驗收穫最多。

記得在多年前製作華視《歡樂龍虎榜》綜藝節目時，與主持人菲哥一起合作。記得第一次與菲哥合作節目，有一次當集來賓藝人來了十二位上節目，當我在彩排時與所有人排完走位劇本後，並與主持人討論內容完成，即告知導播馬上開錄，就在這時電視台長官來電話，我交待現場執行人員盯場，我便離開現場去接電話，等我與長官通話完後回來棚內，卻看到現場停機沒有錄影，當我要開口問現場工作人員時，菲哥開口了：「小敏！你為什麼要離開節目現場，你是節目製作人，你應該在現場掌控每個內容環節，當你主控的人不在，主持人主持的內容及爆點是否有走偏，藝人現場娛樂效果表現是否好，這些都是你要把關的。」

我從菲哥身上學到了，不要輕易地把你應該負責任專心去完成的重要事情，交給他人去完成，因為節目的成功失敗你的責任很大，經過這一次的經驗，往後的節目製作現場便不離開，盡責嚴格把關，控管每一段內容順利完成節目錄影製作。

與瓜哥則合作了華視《金曲龍虎榜》與中視《紅白勝利》電視綜藝節目。

《紅白勝利》是我收獲最多的電視綜藝節目，內容有一個大單元〈勝利計畫〉，這是一檔幫助弱勢家庭團體的溫馨節目。每一集來賓都是困難家庭的成長勵志故事非常感人，小人物為了生活努力打拚照顧家人，藉由自身生活現狀來節目中完成心中的夢想，主持人瓜哥往往在節目現場，訪問當集來賓生活困難現狀時，數度落淚主持，並完成來賓的夢想實現，常常私下自掏腰包塞錢給弱勢家庭，時常告訴身旁的節目工作人員，當你未來有能力時記得要去幫助需要幫助的困難家庭。在我日後的每個工作環境，都離不開時時做公益愛心活動，也是受到了瓜哥的影響。

這些年我愛上了創作寫書。

在娛樂圈待了二十多年，記得第一本書出版時，是在二〇〇三年第一次寫書。當我寫的書上市出版時，還戴著墨鏡偷偷跑去誠品書店放書的位置上。看有多少書迷會去現場買我寫的書。到今天已經出版了七本作品，每一本書的出版上市，都非常希望能夠帶給書迷讀者，有別於其他書種的內容，分享給喜歡我的書迷朋友們。

關於這本書《我愛．機車男》的創作非常非常的特別，有一天晚上吃著零食正在看電視，突然來了靈感……

每一位男生，十八歲時的夢想是什麼？

我想大部份的男生都是與我一樣，想要真正擁有一台屬於自己的機車……年輕人的夢想由一台機車，延伸出一段充滿正能量的成長勵志愛情故事，年輕人有夢想就應該勇敢努力去追求，這是一本年輕男女努力追求自身夢想、充滿友情親情愛情成長勵志的故事小說。

這本成長勵志青春文學小說的誕生，感謝大好文化出版公司發行人胡芳芳女士，第一次的見面，聊了十分鐘小說內容，便拍板定案決定出版。

感謝多年來支持我的書迷朋友們，有了你們的支持，我將會持續創作出更棒的作品與大家一起分享，也期許我的第七本作品《我愛．機車男》，能夠在市場上有不錯的成績。

前言

故事

此電影針對年輕人，如何在都市追求愛情、尋找工作、如何完成自己的夢想；難能可貴的是兄弟之間，共同成長，互相扶持。挑戰個人運動極限的精神，是值得時下年輕人所學習的榜樣。

年輕人追求機車極速快感，集結成群成為飆車一族，在道路上狂飆，不遵守交通法規，影響行人安全時有所聞，為了導正正確的騎機車觀念，也是此電影開拍的原因之一。這幾年的電影，有的是漫畫改編而成的電影，其他類型普遍為愛情成份居多為主的感情劇，成長勵志機車運動主題內容的劇情，是目前最缺乏的劇情題材。

劇中加入了特技替身的幕後故事，在娛樂圈中奮鬥的內容。充滿感人落淚的劇情鋪排，為了家庭，努力追求理想與愛情，堅持下去的原動力到底是什麼？

《我愛．機車男》是主題式電影。劇中強調兄弟之間情誼，及個人專業能力的體現，年輕人對愛情的追求。面對工作中的彼此競爭，又可以同時合作面對高難度的挑戰，而且目標一致，協力合作，締造出世界紀錄的過程。劇中刻劃出每個人的個性及作風，多場機車特效，將在《我愛．機車男》電影中，首次曝光。

劇中將成立車模啦啦隊，模特兒來自世界各地，後續將隨著劇組參加節目宣傳見面會。

視覺上的衝擊、速度上的快感、愛情上的追求，兄弟的互相幫助，家庭中的親情，如何在逆境中成長，劇中內容都會讓觀眾有所收獲。

一部值得等待的優質電影，《我愛．機車男》即將震撼你我的心。

我愛・機車男

策劃構想

一、有別於目前小說、漫畫改編，愛情故事為主的劇情內容。
二、獨特性，原創性。
三、適合全家觀賞，劇情內容具有教育之功能，不落俗於時下電影的談情說愛。
四、導正提倡機車禮儀，及學習劇中主角，不畏挫折，堅持努力成功的挑戰精神。
五、特技機車呈現，將會衝擊觀眾的眼球。
六、描述兄弟之間互相扶持，互相合作，創造世界紀錄，經歷新局面。
七、劇中主角，如何從飆車小子成為全亞洲知名車手的辛苦過程。
八、特技車的傳承歷程，薪火相傳的接力賽。
九、從事特技替身演員與死神擦肩而過，老天爺有保佑。
十、以大都會作為故事發展場景，劇中充滿競爭、挫折、愛情，人與人之間的疏離感，距離是否越來越遠。

我愛・機車男

故事大綱

志雄騎著機車，穿梭在大街小巷，趕著送水餃，用極佳騎車技術的功力，到了紅綠燈竟連雙腳都不用落地。在旁的機車騎士無不目不轉睛，連綠燈可以走了都不知道；因為太愛騎機車了，每次的外送都是練技術的開始。常常跑到河堤去與其他車友比車，但比速度常常都輸給其他人，但只要是比技術平衡，又往往是沒什麼敵手。在一次的比賽中碰見死對頭：俊良。因為他們都想參加車神家族競技車訓練班。他們之間彼此的車技競爭不斷，一開始師兄陳文智的教學，故意百般的欺侮，這兩人不服輸精神，努力超越師兄，在一次的意外中，志雄差一點撞到不良少年，慘遭被打，俊良經過此處，趕忙去制止、解決。兩人也慢慢了解彼此個性，成為朋友。在訓練中常常一起被罵，被處罰。但也是學生中學得最快的，國龍師父一直看在眼裡。

帥氣的俊良桃花運不斷。他的正牌女友琳達，也不放心常會跟著他身旁，但偶然機會下，俊良結識美麗的模特兒安娜，這三人又會展開什麼樣的感情糾紛呢？俊良常跑去當電影特技替身，差點被趕出車隊，國龍教練一直在觀察車隊內，誰是他的接班人。心如一直想參加爸爸的訓練班，但國龍教練非常擔心女兒學會技術又跑去外面飆車，直到彼此約法三章，才破例收女車手。

有個有錢老爸的富家女林琳達，常開著超級跑車逛街，車上友人不是模特兒就是辣妹，常常都會被追求，也是林董最擔心的。畢竟是獨生女，有一次參加派對玩得太超過，回到家，林董非常生氣，禁止女兒再外出玩車。

遠離酒肉朋友，並叫她來店裡賣車，俊良每次都假裝是有錢小開來看車，並要求試車，趁機帶琳達出去約會……

車隊參加國際賽事。志雄得到金牌，國龍也一直把他當自己的接班人來訓練。但陳文智持續的搞小動作，就是要破壞志雄，不讓他順利學到師父真傳。

志雄在車隊中，過程歷經摔車受傷，女友跑掉，父親生病，家裡出現經濟危機，被倒債，房子沒了。與父母親租房子過日子，挫折就像是海浪的波濤般襲擊著他。第一次參加國際比賽得到金牌。家裡的全家福相片給他原動力。持續的努力練成無頭機車，並與車神共同合作挑戰世界創舉。俊良也努力的成為娛樂圈知名藝人，又持續做著慈善愛心公益活動，幫助需要幫助的人。

一個傳說的故事，即將開始……

我愛・機車男

角色分析

陳志雄

男　23歲　男一號
血氣方剛，四處愛與人飆車。
最怕的就是女生哭。
孝順，家裡開水餃宅配
座駕：速克達摩托車

一陣歡呼聲，橋下聚集眾多的賽車選手，雙方互相叫陣，五、四、三、二、一，開始。雙方選手油門一催，互不相讓，送貨經過此地的志雄，好奇心的驅使看著飆車族互相爭第一，看著入神時，突然電話響，電話那頭是陳媽媽，劈頭就問你送貨送到哪？客戶等著下水餃，水都快開了，好……老闆娘，新鮮出爐的水餃馬上送到客戶家。收線後的志雄，安全帽一戴，油門一催，經過大街小巷，這時騎著越野單車的俊良，剛從巷子進來，要不是俊良技術好，可能就會撞個正著，俊良看著志雄的車揚長而去，直搖頭……

兩人第一次的碰面是在一處機車練習場。

直到加入車神家族，擁有自己第一輛技巧競技車。

時期——

．初期

送貨，練成機車基本功力技巧。每次等待紅綠燈時，雙腳慢慢練成不落地，平衡的技巧就是此時練習的。有一次在路上被真正的車神看到後，參加車神家族招生比賽過關。

．中期

成為車神家族成員，過程歷經摔車受傷、女友跑掉、父親生病、家裡被倒債，挫折就像海浪般的衝擊，參加國際性比賽得金牌。父親生病痊癒後，難得的全家福相片，是支持他的原動力。

．晚期

努力練成無頭機車締造世界紀錄，成為車神接班人。

柯俊良

男　25歲　男一號

一個人來都市打拼，因為愛車所以跑去當泊車小弟。開遍高級跑車。衝動，愛面子，耍帥，苦往肚裡吞。大哥個性。

座駕：越野摩托車

因為鄉下地區工作較難找，俊良一個人來到繁華的都市尋求發展，下了車站，看著大樓林立的城市大叫一聲：我愛的城市，我來了。這時旁邊的人都被突然的舉動嚇到，連平常對經過的路人都要叫幾聲的野狗，正眼也不敢看他一眼，打了電話告訴女友。

俊良是一位非常具有女人緣的帥氣男生，一邊吃著魚丸串時不到十分鐘，遠處來了一位開著紅色藍寶堅尼跑車的女生琳達，來接俊良。阿良不要吃了，我帶你去吃好吃又便宜的，二人來到夜市。琳達從小被有錢的老爸送到國外念書，喜愛自由不愛吃高級料理，卻愛吃夜市小吃，當二人開著紅色藍寶堅尼來到夜市，門一打開，夜市眾人目光一致看著車上會下來哪一位明星，所有人全暫停了。連賣蚵仔煎的蚵仔煎都焦了。二人開心手牽手品嚐夜市美食。

・初期

因為愛車所以跑去當泊車小弟開遍各種名車。有一天一位女生開著藍寶堅尼來泊車，這時候俊良心中暗自下決心，一定要追到這個女生。追女三十六招，直到追到為止。喜愛越野機車常常到郊區山上練車，與志雄為了練車場地發生爭執。不打不相識的交友過程，並成功參加車神家族成為一員，但常常跑去做電影特技替身，差一點被趕出車隊。

·後期

俊良撞車住院，琳達傷心，細心照顧，出院後阿良持續練車，成為動作導演。準備挑戰世紀創舉找來志雄協助，成功完成世紀紀錄，得到世界華人的焦點，獲得知名唱片公司機會出唱片，並持續參加公益活動。

林琳達

19歲　女一號

外向，是大小姐但個性像鄰家女生般親切，是超跑車行老闆獨生女，生性浪漫。

座駕：紅色藍寶堅尼

在一場被不良少年調戲中，俊良挺身而出救琳達，看著俊良因為要救她被不良少年拳打腳踢，此時的琳達愛由心生，被打完後俊良摸著肚子站了起來，嘴角也破了皮，對著琳達說沒事就好，琳達扶著俊良來到醫院。接到消息，放下手邊工作的林爸，急忙趕來醫院看望女兒。女兒也介紹因為這個男生為了救她才會受傷，俊良也認識了林爸。林爸非常疼愛琳達，畢竟是唯一女兒，已經沒有工作一陣子的俊良，因為救了琳達，而認識了林爸爸，林爸爸知道了這件事後，動用了他的人脈，幫他找工作，擔任的都是主管級的職務，最後在超跑公司工作，也讓他更了解每種車輛的最佳動力及性能，奠定了日後挑戰極限的本錢。

葉心如

女　18歲　女一號

女車手

總教練女兒，學生，半工半讀

正值叛逆時期，初期參加速克達車車隊，愛騎機車愛飆車，但在校內卻是全校第一名的資優學生，個性反差頗大；在學校當學生樣子乖巧，但一放學便到餐廳換潮流服飾，隨著車隊到處玩，但持續的玩樂，導致學校功課一落千丈，從全班第一名，跌至倒數第三名，又陷入男友劈腿。雙重打擊下，在家足不出戶，葉爸爸非常焦急關心，但時下年青人父女之間的溝通，往往會出現問題，這個問題也出現在這個家庭中，直到車模女友的訴說心事，這時心如知道她應該怎麼走下去了……

課業壓力，父女之間的爭吵關係，打工時期的各種學習上問題，男女之間感情問題，如何解決？如何選擇？

葉國龍

總教練　48歲
傳說中的車神，成立車神家族競技車隊，小喇叭高手，金氏世界紀錄保持者
個性固執、對待學生非常嚴格

開了一家機車行，店內常常聚集愛車人士，互相交流，以車會友。附近的歐巴桑常常車壞來修車，知道對方家境不是太好，往往都不收錢。也常參加里長安排的公益活動，非常熱心慈善，幫助需要扶持的人，每天都會到山上練車。隨著年紀增長，看著房內千餘面獎杯、獎座、金牌，卻一直尋找不到自己車技傳承的接班人。住校的女兒心如知道了爸爸的困擾後，便策劃全國車神家族召集令比賽。從比賽中挑選選手加入車隊，但優秀種子不易找到，直到有一天。志雄、俊良出現了……

劉安娜

模特兒　21歲　女二號
長腿美女，追求者不斷，孤兒，個性善變，勁舞娃娃女子舞蹈團體成員之一
座駕：沒車，但眾多男友隨叫隨到名車接送

雙親意外去世，成為孤兒，半工半讀求學。常出現在各種活動展場中，也接活動主持人，口才不錯。為了追求美麗，身材姣好，往往餓肚子，只有在男友追求過程中，才能享受精緻美食。

但在某次活動中認識俊良，對俊良產生好感之後，更介入了俊良與琳達的感情，三人之間的愛、恨、情、仇，如何解決？

陳文智

男　24歲　男二號

單親家庭，小綿羊車手常勝冠車，但不會腳檔機車，後成為車神愛徒之一

飆車小子，只要有比賽，就會去參加，目的只有一個，要得獎金及獎品。因為家庭是低收入戶，母親行動不便，文智靠打工奉養母親，非常孝順。常常在比賽中碰見死對頭志雄。二人為了獎座獎金，爭個你死我活，車界中的競爭即將開始。誰能成為車神心中的接班人……

林董

50歲　超跑車行老闆

年輕時是知名賽車手，具喜感的成功企業家

是嘻哈裝一身的潮流老爸

座駕：稀有超級跑車

玩遍世界知名車種，是林琳達的父親，也是稀有跑車收藏家。大老闆一個，所到之處都是排場，身旁有隨行保鏢，但沒司機。因愛車都是自己開車，保鏢卻坐在車後座像老闆，喜感十足，與正常老闆的思維有所不同。非常疼愛獨生女，常常安排介紹企業家的兒子聯誼，希望女兒嫁給有錢人，但琳達心中另有所屬……

葉方玉梅

女　38歲

車神葉國龍之妻，

家庭婦女，愛心媽媽成員之一熱心公益

國龍之妻，家庭主婦，在家幫忙看店，協助丈夫事業，也是愛心媽媽成員之一，熱心慈善常帶頭一群愛心媽媽送米送食物給弱勢家庭。從初期的反對丈夫沉迷玩車，因開銷很大，到最終賣屋玩車推廣延續傳承車神精神，和女兒心如就像是姊妹，彼此相處就像是朋友一般，年輕辣媽一個。

我愛・機車男

青春文學・電影劇本

志雄騎著送貨用的機車，穿梭在各大路段。趕著送貨的志雄看見橋下集結了大批喜愛機車的年輕人，便往橋下飛快騎去看熱鬧，原來是飆車族在橋下飆車，一旁的辣妹拍手叫好，賣冰淇淋的林伯伯生意特好，志雄也看得起勁，突然手機響，手機那頭是陳媽催著志雄趕緊送貨到府，客戶已餓得哇哇叫，志雄看著飆車族在玩車並與母親通手機，飆車族隊長白哥瞄了志雄一眼。通完話志雄趕著送貨，遠處的背後，卻是交警前來取締飆仔，隊長一聲快跑，認為是志雄告的密，莫名其妙被誤會，而志雄並不知道後面麻煩即將到來……哈！哈！總算在水未滾開前，水餃就送到客戶家。

因為鄉下地區工作比較難找，俊良一個人來到繁華的都市，下了車站看著大樓林立的城市，大叫一聲：琳達，我來了！並打了手機給女友，看著旁邊的魚丸串小吃攤，一邊吃著並與老闆哈啦聊天，遠處來了一輛紅色藍寶堅尼，下來了一位長髮模特兒美女琳達，來接男友阿良，兩人來到夜市，從小被有錢的老爸送到國外念書，喜愛自由，喜歡夜市小吃，當兩人開著紅色藍寶堅尼來到了夜市，車門一打開，夜市眾人目光一致看著會下來哪一位明星。兩人開心地品嚐了一整排的夜市美食，開心地度過美食之夜，當兩人手牽手回到停車處，卻找不到車……琳達大叫：啊！我的車被偷了……

俊良騎著越野單車，穿著一身嘻哈風，帶著耳機聽著歌，來到了巷子，騎快車成習慣的志雄，一轉彎差點撞到俊良，還好是俊良技術高超，否則就會有人受傷。志雄看見俊良的車從他頭上躍過，直說：這小子技術真好！

（看著俊良遠處的背景）俊良也回頭看了志雄一眼，直搖頭，志雄以為他在取笑他，便往前追，但俊良已不知去向。

今天俊良穿著西裝筆挺地前往工作應徵地點，但對方看一身不修邊幅散亂的頭髮、腳踩人字托涼鞋打扮的俊良，大部份店主都是以不符合而拒絕……接連幾天的工作不順利，使俊良心情極差，找了一票友人喝酒唱歌，大吐苦水工作找不到。其中一位在洗車場工作的友人說：阿良，你先來我們公司上班算了！阿良也同意暫時先做這個，好支付生活費，吃飯喝酒付房租。隔天友人的協助，總算找到工作的阿良，換上洗車工作服，幫客人洗車、打蠟……有一天，店裡來了一台紅色藍寶堅尼，下來了一位漂亮女生她叫琳達，便以大小姐脾氣指使佣人做事般口吻，告知阿良洗乾淨一點，兩人卻發生口角，琳達被嚇得從辦公室跑出來，因為這間洗車店是琳達的有錢爸爸開的，只是琳達不知道而已。此次的吵架，卻使琳達對阿良很有好感，因為太特別，只有阿良不順從她。奇怪的事情發生了，天天都有超級跑車來指明阿良洗車、打蠟，而下車的全都是模特兒般的漂亮女生，因為琳達告知所有的姊妹，洗車全往這家跑，沒想到卻使這家生意奇差無比的車店生意超好，店門口排成一排超跑入場，造成交通阻塞，太多車迷來此拍照直播，瞬間變成車展配美女，也使得洗車店一炮而紅。

每天在家幫忙母親包水餃、送水餃的志雄，除了送貨，也在夜晚學拳練身體，並拜師學武術，有一天下午，騎著機車經過紅綠燈，因為在練平衡雙腳不落地，紅燈多久，他的腳就不落地，每次他都是用此方法來做練習，

但在後方，在汽車內的車神看在眼裡，直說這個年輕人，以後將會在機車極限運動中發光，並交代司機徒弟去追那個年輕人。眼尖的志雄，發現被跟蹤，油門一催，早就甩開後面的車，加快離開現場，送貨去。

富家女琳達在一次夜歸時，開著藍寶堅尼，卻被小太保攔了下來，並被小太保從車內拉了出來調戲，遠處騎著越野機車的阿良，發現琳達被一群小太保欺侮，便把車停在一旁，像欣賞一場秀般地不聞不問，因為眼前這位女子，百般欺侮他，在洗車店害他每天洗車都洗到夜晚。琳達看見是阿良，直說叫阿良救她，小太保也叫阿良滾開，並問他與這個女生是什麼關係，阿良說沒關係，琳達也說沒關係。當太保要拉走時，琳達一直叫阿良救她，阿良說：「救妳可以，但妳要當我的女友！」「哼！我才不要當你女友，我寧願被帶走……」語還沒說完，琳達說出：「好！我當你女友！」哈哈哈三聲的阿良，放下手中安全帽，下車一腳踢中太保的頭，阿良一人打四人，但還是把小太保打跑了。阿良順利救出琳達，但手卻被對方用刀劃出一道傷口，琳達馬上開著跑車火速送阿良到醫院，接到消息的琳達老爸林董，火速開著超跑來到醫院急找女兒，一旁的保鑣，也一直喊大小姐，坐在醫院旁椅子上等掛號的大小姐琳達一直看著他們，說：我就在你們後面，你們是沒看見嗎？林董一把抱起心愛的女兒，一旁的阿良看到這一對父女，真是羨慕，琳達也介紹阿良給林父認識。

放學回家後，心如換了衣服，回到爸爸所開的機車店。「爸！我來看你了！」在地上修機車的車神，放下手邊工作，這丫頭怎麼會有空回來看你爸，不是每次放學，就在外面與飆仔飆車嗎？得意的心如卻說：我的車技不是都遺傳你嗎？每次都第一名。指著桌上的一排的獎杯，何時才會有對手啊？「還在那嘀咕什麼？快來幫我弄車，也學一學我的修車技術。」這時手機響了，電話那頭是心如的友人，找她去夜店玩，玩樂第一的心如，一下子就騎上了小綿羊直奔夜店，車神都來不及叫住她，炒完菜走到店門口的媽媽對著心如背影，還大叫好好玩，年輕不要留白，一旁的車神直搖頭，有其母必有其女，「吃飯了！別修了！」疼老婆的車神，邊吃邊回想著年輕時光……

來到都市打拼的俊良，也開始找地方落腳租屋，但有錢的女友，卻自作主張幫他租了超豪華的別墅給他居住，讓自由慣了的俊良，非常不習慣，常常深夜在外與眾友人喝酒不回家。琳達跑去夜店找俊良回家，卻遭他罵走完全不顧他人目光，琳達為此也氣得三天不與俊良連絡。人在福中不知福的俊良，習慣了女友的照顧，三天沒有見到琳達，雖然安靜許多，但身旁少了一位像家人般照顧他的女友，心中倒是落寞許多，又加上處處打工工作碰壁，也讓俊良開始思考自己以前種種的荒唐行為。為了向女友琳達認錯，俊良每天拿著一朵紅色玫瑰花在琳達健身的地方等她，希望她能原諒他，也漸漸戒掉一些壞習慣，琳達的眾女友都是一票剩女，有的男友不斷，有的眼光太高一個男友都沒有，卻都成為琳達智庫團成員提供意見，在女子健身俱樂部中，也成為眾多會員的話題之一。

心如是校內風雲人物，所有的體育項目全難不倒她，成績往往比男同學分

數還高；外表看似柔弱，說話輕聲細語，但一上場，便換個人似的。每天放學後，便集結眾姊妹，到校外旁快餐店換衣服，便有一票飆仔載著，揚長而去，到處遊玩。有一天在一次的遊玩之中，與另一派重機白哥的手下阿明擦撞，被打的阿明騎著被打破車燈的機車回來據點，並向白哥報告此事，白哥號召手下前去找人，總算在淡水海邊找到這一票小飆仔，雙方大打出手，心如站在前面，向白老大嗆聲，一旁的飆仔頭目在後面躲得遠遠的……

心如以為大家要被欺侮了，向白老大嗆聲，但白老大不生氣，反而欣賞心如的個性，白哥本身為重機車隊隊長，因弟弟是被飆車族所撞而身亡的，故不滿飆車族常常鬧事，故成立車隊希望以車會友，能將飆車的年輕人導入正當機車禮儀文化，經過白哥的苦口婆心，這群飆仔總算明白了飆車危險性，經過此事，雙方車隊也成為朋友。

一直沒有找到適當工作的俊良，持續被拒絕，其實琳達早就安排姐妹暗中調查阿良近況，得知這陣子阿良沒有去喝酒，只是一直找工作，心情不好還會拿出琳達送的鑰匙圈握在手裡，可見一直心中有琳達。琳達得知後，也決定原諒他。有一天晚上，便到阿良家煮好了晚飯，等阿良回來，找工作找了一天的阿良回到家，看到這一幕感動地直掉淚，擁著琳達說：「謝謝妳原諒我！我會改掉我的脾氣的！」「吃飯吧！吃完再說！」「碗我洗！」阿良說。琳達偷偷去電爸爸，請爸爸安排阿良工作，愛女心切的林爸，馬上召集旗下各子公司老總開緊急會議，所有人召開全球視頻會議，事業做很大的林董，選了其中一個工作給阿良，告訴琳達，會暗中安排阿良去面試……

心如與媽媽到醫院當義工，看著許多人生病而無親人陪伴、照顧，心如遺傳母親有一顆善良的心，每周會有一天往醫院跑，陪媽媽做公益獻愛心。看著西下的太陽，母女倆散步般地走回家，直說助人為快樂之本，要常行善；心如有一天會嫁到好人家，哈哈大笑的心如，直喊肚子餓，母女倆一路鬥嘴走回家……

這一天天氣陽光普照，「哈！又是練車的好天氣！」志雄看著愛車，加了油，便弄上了吉普車往山上開去練習場練車，沒練多久，山下也來了玩越

野車的阿良來到現場，並加快油門往志雄那直奔去。「喂！你怎麼在我的地盤上練車？」志雄也不客氣地說：「這個場地憑什麼是你的？應該是屬於大家車友都可來的地方才是！」當兩人吵得不可開交時，看熱鬧的人越來越多，比平常練車時看的人還多，連攤販都趕來賣小吃，在一旁吃烤地瓜的大地主，告知他們別吵了，不要浪費時間了。「我是阿良！你是哪位？這位大叔！」「我是哪位？你們在我的地方練習車，我還沒向你們收場地費呢！看在你們為當地促進攤販小吃生意及地方繁榮，進而帶動觀光風潮的份上，免費讓兩位使用。」兩人看著前方擠滿看車技的人，也有來自各地的觀光客，沒想到只是單純的練車，會吸引那麼多的人來看，兩人練習得更像是做商演活動一般地賣力。

持續曠課不上學的心如，從全班第一名跌到倒數第三名，又看見男友暗地結交其他女友，心如在家把自己鎖起來，得知女兒情況的父親，到女兒門外告知女兒別想那麼多，完全聽不進去的心如，並與父親發生口角，完全不理會車神的關心，奪門而出到友人家中。一天晚上，經過友人勸導，真正明白了解了父母親對子女無私的愛；隔日一早回到家中，看著父親的臉，眼淚流不停的心如，向爸爸道歉，眼淚滴到了車神的手，車神醒來看著女兒「妳回來了……」「爸！我知道錯了……」「女兒不哭，我的孩子是最堅強的！」車神拉著女兒的手，來到車庫，拉開布帘，出現一台量身定製的技巧機車。「女兒！今天是妳的生日！這是爸爸送給妳的禮物！忘掉不快樂，要往前看……明天開始，爸爸要教妳真正專業的騎車技術，要把我的經驗傳承下去。」

12:25

阿良接受林爸的新工作，安排在超跑公司上班賣車，但上班了幾天沒有半個人來向他詢問車，內心非常灰心，畢竟這一台超跑要價一千多萬，又不是在賣豐田。琳達得知男友為了賣車沒人買而灰心時，心疼男友，便火速電召全台時尚名媛，眾姐妹來店裡買車，這一點與林爸的作法倒是有點像；在自家的車店，從來沒有幫父親賣過一台超跑，但為了男友竟能電召姐妹協助，才一天的時間，就把車行一年的超跑配額全賣完，可見愛情的力量真是偉大啊！車商店長發現此現象急速打手機向林董報告，車商車不夠賣，在超跑界打滾多年的林董也火速趕到現場，怎麼了？從來沒有看過購買超跑還要排隊買的，富家女們忙著向阿良下訂單，反而店長卻像個倒茶的，伺候著這群有錢千金大小姐，林董也樂得急電德國總代理要求增加配額，這一定是我的寶貝女兒做的好事，林董看著前方的阿良，這小子真行，改變了我女兒……。

志雄來到橋下參加小綿羊機車比賽，今天分為男子組、女子組，冠軍能得到重型機車一部，首先上場的是男子組的志雄，經過一整天的積分賽，志雄目前為第二名的局面，心如與友人也來到這為車友加油，她的友人是志雄粉絲，每次志雄來比賽，總會有一票美女辣妹來助陣加油！到了最後一回合，喇叭聲一響，眾車出，個個要爭第一，結果真如心如所言，志雄得到第二名……。

車神看著牆上、桌上滿滿的獎杯、獎狀，看著曾經參與比賽的ＤＶＤ影

片，吹著小喇叭，苦無接班人，回到家中的心如發現父親所憂心的事後，便開始著手進行車神家族全球選拔大賽……。

心如與同學們幫爸爸組成了車神家族訓練中心，許多的車友一聽到車神即將重出江湖都前來報名，阿良與志雄也在這一天來到虎頭山報名處接受考驗，一連串的過關考試，有的車手技術不佳，紛紛人車摔下，車神也看在眼裡，這些年還是未出現具潛力的車手，志雄、阿良的騎車技術高超，車神也發現兩位都有絕佳的平衡力，考試完畢，車神宣布共十二位車手加入車神家族，成為團隊一份子。

到處走透透帶領著白閃閃重型機車車隊的白哥，持續宣傳反飆車活動，在一次餐會中獲得企業主支持舉行反飆車公益晚會，但前提是要請車神來當推廣公益大使。曾為飆仔的白哥了解後，也火速連絡所有重機隊長，擇日拜訪車神，一同參與此次活動盛事。

阿良在電影圈帶領著一票越野車隊隊員，擔任各電影的幕後替身，在業界漸漸闖出名氣，所參與的電影大部份都非常賣座，只是工作滿檔，卻苦了琳達，因為阿良有時候一忙就會忘了與琳達的約會，但阿良也是桃花不斷，總有女人主動上門。他如何經營與琳達之間的感情，對阿良一往情深的琳達，又將會如何接受花心的阿良……。

車神多年來訓練了不少隊員，新成立的家族來自各大城市，設計了許多高難度課程訓練，只有越艱難的目標才有可能訓練出最強的車手。隊友們因為高難度的技巧動作紛紛摔下，只有志雄與阿良兩人互不認輸的通過五關考驗，車神也看在眼裡，這兩個小子以後一定會在車界有一個位子。

白哥第一次舉辦的反飆車活動日即將到來，但車神還未答應，最後由心如出面才總算邀請到車神，但車神的條件是要把活動所有的贊助結餘，全捐助弱勢團體，白哥本想借機賺錢，但為了順利舉行只好全數做公益。車神在此場的活動中，也演出了久未出現的世界創舉無頭機車表演，現場熱烈掌聲不斷，阿良與志雄看得更是目瞪口呆似的，這是如何辦到的，沒有頭的機車要如何騎呢？車神也因為此次活動的成功，更加快了車神接班人的進行。

「副導，我要你找的紅色藍寶堅尼來了沒？」高導大聲喊著，「什麼？找不到？我下一個鏡頭就會拍了，你現在告訴我沒有，我要如何拍？這台車太重要了，全世界沒幾台的車，我上哪找來？」副導大聲回嘴，兩人為此發生口角，大不了不幹了。副導一怒放下一切走人，現場一片寂靜，高導沉思了一會兒，阿良你來接這個位置，馬上執行後面拍攝的進度。這時候阿良知道自己的機會來了，火速去電琳達，琳達一接手機，手機那頭就是「琳達，馬上開超跑來片場找我！」琳達開心的火速飆到片場，刀片式的車門、戰鬥機造型的車身，下車的一雙修長美腿，看著工作人員無不放下工作看著名車加美女，阿良也覺得女友真是給足了我面子，導演也大力稱讚阿良的能力表現，琳達也在電影中客串角色。

早上送貨，傍晚後的持續練習，志雄的體力越來越好，每周與女友碰一天，

志雄依約來到名牌精品店，去電跟娜娜說：「我已到店門口了，妳在哪？」

「志雄，我在店內，進來吧！」娜娜看著店內名牌包，眼睛看著每個包包，

恨不得全買走，娜娜指這個包那個包，小姐一共是八萬六千元店員說著，

志雄買單，小姐刷卡，手摸著三大袋名牌包，騎著機車要載娜娜去吃飯，

這時娜娜手機響，王總找我吃飯呀，要來接我！好呀，志雄我不陪你吃飯了，朋友約我，哇！要遲到了，司機下車開車門，並拿走志雄手上的提袋，

王總看著，娜娜那個人是誰？那個人是精品店送客跟幫忙拿貨的，王總我們去哪裡吃飯呀？

里長伯來到車神家，下個月我們里有辦公益活動，車神想到一個想法，希望針對低收入戶修車免費，並得到里長伯的全力支持與號召，此善舉並吸引到機車大廠的注意，車輛也全力支持與贊助車神的各項活動，並與車廠代表送新車到低收戶家，此善舉也上了各媒體版面。

琳達每天的生活就是與姐妹淘逛街，買精品，喝下午茶，林董告知女兒下周要出席派對聯誼，一直想要琳達嫁給有錢人的林董，每天都在看哪個企業家的兒子，希望能把女兒嫁過去，這樣兩家的事業就會壯大版圖，但林爸的心中計劃一直在進行，愛上阿良的琳達並不喜歡這些公子哥兒，只喜歡腳踏實地的窮小子阿良，林爸也開始一直暗中阻止女兒與阿良的發展，林爸派出了保鑣監視阿良的生活行蹤……。

高導一聲令下，「阿良可以了嗎？三、二、一！」阿良一躍從五樓往下跳，好，ＯＫ！鏡頭很棒，又一次一鏡到位，並領著越野機車車隊從上往下跳，但後面的車卻撞到他，便從車上摔下地面撞到背部，拍戲受傷是家常便飯，但為了戲好只好忍住痛，堅持拍完，以免耽誤進度。回到家，琳達看著阿良一臉疲累，整個背部都是瘀青的，邊擦葯酒一邊流淚，因為心疼阿良為了理想一直在奮鬥，兩人相擁，「琳達等我，雖然我現在無法給妳最物質的生活，但妳永遠都會有我阿良在妳身邊。」琳達感動得說不出話來……。

志雄一直在虎頭山訓練基地練技巧車，所有的人都結束練車，只有他一個

人，捽車扶起，繼續練同一個動作，就是一定要練會才停，車神看到此一現象，便叫志雄先停下來休息，並拿了飲料，兩人對飲聊車。車神告訴志雄何謂技巧車，就是車的技術為主，尤其車的平衡性最重要，油門的控制如無法練到人車一體，將無法完成高難度動作，如果只是追求速度，那就不是技術車了，我來示範，你仔細看了，志雄看見車神師父耐心的教導他，也決定自己一定要幫師父把車神家族延續下去……。

「什麼時候的活動？下週六。」心如牽著車，記著日期，「好！謝謝。支持車神家族將為您帶來不一樣的感官刺激。」心如說完便往一樓走，爸，我接到了一場大型活動，要爸帶領著車神家族出場表演，車神開心著，沒想到女兒是如此的聰明有商業企劃能力，畢竟一場的收入是很可觀的。

琳達約心如兩人喝下午茶互聊近況與男友，但單身的心如雖然追求者不斷，但一直沒有適合的對象，琳達倒是覺得志雄很適合心如，也告訴阿良看有沒有機會撮合兩人在一起。

車神在訓練中心宣布告知車隊下周六有大型活動，大家要加油，力求演出完美，並宣布車隊在月底將舉行車隊長選拔，請隊友準備。

心如與媽媽回了一趟老家，告知親友有空來下周六活動現場，因為就在鎮上舉行，因為都是客家人，所以親友都會來支持，並至菜市場帶來了許多客家美食回去，因活動快到了，母女倆想做一桌正統的客家美食給所有隊員享用，以慰勞近日的辛苦練習。車神已很久沒有如此開心，一桌豐盛的客家菜，隊友一個接一個向車神敬酒，車神也告知車隊隊員一定要把車神家族壯大，把車神的車技傳承下去，全員舉杯，志雄阿良也說了一番吉祥話，感謝師父車神教導，機車隊員團結一致的心就此開始。

志雄的女友又打電話給志雄要他出來玩，志雄一口拒絕，並宣布分手，讓她去找適合的人，志雄越來越清楚自己要的是什麼了。

車神家族此次的活動獲得了空前的成功，也是家族成員第一次出席大型活動，主辦單位企業主並當場宣布要贊助經費給車神家族，持續為車隊爭光而努力。車神對這突如其來的禮物所感動，並說明了三十幾年來辛苦練車，進而代表車隊至世界各地參加機車比賽，因為大部份無贊助都是自費，房子賣掉剩下這一棟，老婆差一點就提出離婚要求，家庭子女也是車神家族成員，如果有一天我不做機車技術推廣，那這項世界紀錄在世界華人圈就會失傳，車神感性的感謝詞，感動了台下所有人。

月底就是車隊選隊長的日子，隊員無不全力練車，阿良每天都在電影圈打拼，已漸漸把機車重心改練成越野機車技術，但他還是抽時間來到車神訓練中心與眾車友一同練習，車神也持續教導。志雄知道在這次的選拔中只有阿良才是他的競爭對手，志雄知道雖然都是好友，但在比賽中是不能有任何情面的，兩人的車技也都進步得非常快，車神分析兩人車技與優缺點，心中已有適合的接班人人選。

琳達出面邀心如、志雄來家裡玩，也通知了阿良，女兒也告知爸爸好友會來別墅玩，愛女有任何要求，林爸一定先把一切安排好好的，她希望當天派對是走嘻哈風，所以規定大大小小的人一律著嘻哈造型示人，這下子林父頭大了，每天黑西裝黑皮鞋，連手表都是黑的，如何打扮自己呢？保鑣告訴林爸，可找電視上那位造型大師來為自己變造型，好，就是他，把他弄過來，四位大漢就前往電視台拉人。

爸爸一早就出門，心如也去上課，這對父女倆，昨晚已密謀一件事，就因為今天是葉母生日，所以父女倆要給母親一個驚喜祝賀，因為一早就出門，葉母還覺得奇怪，一大早這對父女就不在家，真是奇怪，晚上的家庭生日聚

會，當然也是非常熱鬧，阿良、琳達、志雄都來了，也帶了禮物，真是讓葉母非常高興，葉母也下廚炒了一道最有名的家鄉菜「客家小炒」，車神已近十年未再吃老婆的拿手菜，當全家唱起生日快樂歌時，葉母說出生日願望……

志雄家的水餃生意也步入軌道，外送的部份，也開始利用宅急便，以減少志雄外送次數，並可以專心在水餃研發及練車上。志雄一周三天的跆拳訓練，也把志雄身體的靈活性鍛練的狀態更好，志雄的教練叫出身材高大、跆拳二段的教練來與志雄對打，並告訴志雄，只有碰到比自己更強的對手，自己才會有更大的能力對抗他，遇強則強就是這個道理，但練拳是練脾氣，練身體強壯，保護自己，並不是用來欺侮他人，這就是武德，志雄也明白其中道理，穿著道服（外穿夾克），在回家的路上，遇見三個酒醉男子擱其去路，「跆拳道小子，很跩喔！」並用手推志雄，志雄不想鬧事，醉酒的三人，口氣越來越狂，並拿起地上木棍要打志雄，志雄也以保護自己為主，不主動攻擊，並把對方木棍踢落，回旋踢至對方頭手定點，酒醉鬧事的人也嚇出一身汗，酒也醒了，社區巡邏員吹口哨嚇退三人，但志雄的手也被擊了一棍……

心如發現來練車的志雄左手包著紗布，詢問後才明白是昨晚遇襲，心如也告知志雄應該小心安全，比賽時間快到了，一定要加油！阿良也會來參加比賽，一定要小心應戰，雖然大家都是朋友，相信你一定會做到好，爸爸對你們兩個有很高的期望，我希望你贏，志雄你要加油！心如拿出親手做

的手鍊給志雄：「給你當幸運物。」阿良開著吉普車來到虎頭山，「嘿，志雄，好久不見。」卸下了車並與志雄一同練車。「志雄，明天比賽，千萬不要輸給我，我也不會手下留情的……」轟！機車練習聲響澈山谷……

一大早虎頭山已擠滿人，小攤販也在等著今天大發利市。工作人員也在布置整個活動現場，道賀花圈占滿舞台，車神也從家裡出發來到現場。車神忙著接待地方名人及企業主，各車隊隊長也派代表來出席盛會。主持人請車神上台致詞，車神也說明了今天的重要性；這些年一直要找尋接班人，苦無適合人選，為了要把機車文化推廣至全球，我花費了畢生金錢，就是要把我的車技傳承下去，也希望機車人應團結起來，以車會友，共同把機車文化、禮儀、反飆車持續宣傳下去。我宣布大會開始，各關卡設有一個評審，機車的障礙路線全由車神設計，非常不容易能過這五關。太陽烈日下，能夠過得了關的車手沒幾個，剩下最後三位選手來過難度最高的第五關。此關由車神親自監督，手傷的志雄也一直忍著痛，強忍著比賽。這一關重在：技術、平衡、速度缺一不可，所有的隊員無不專心觀看，現場只剩下攤販臭豆腐的油炸聲……。其中一位單腳落地判離場，只剩下志雄、阿良兩人角逐，一旁的加油團也大聲叫著，最終志雄獲勝……一直疏於持續練習的阿良最終獲敗，車神也宣布年底即將挑戰金氏世界記錄，心如也開心父親的車技總算可以傳承下去，也常常做愛心便當給志雄，志雄也明白心如的心意，這一切，葉母都看在眼裡……

車神胃病住院，媒體擠滿病房外……

深夜琳達與姐妹淘芸芸在KTV玩樂，泊車小弟把超跑停在門口，眾人無不目光放在藍寶堅尼車上，有醉意的琳達不顧友人反對，堅持要開車回家，芸芸也上了車陪琳達，二人飛快的在市區急駛，吸引了路人的眼光，但此舉卻驚動交通警察，一路飆上高速公路，兩位千金大小姐真是玩瘋了！「哈哈，警車根本追不到。」就這樣一路飆到收費站，才被等候多時的警員追捕下車並酒測，超跑當場被扣。芸芸火速去電林爸速來處理，林爸不一會兒就來到局裡，一直向承辦警員賠不是，看著愛女醉得的不省人事，林父也交待手下先辦手續，快去交保，芸芸也去電阿良，但阿良正在趕拍電影無法前來，二人之間發生了什麼問題……

車神把志雄帶到秘密基地，傳授無頭機車技術，並從完整車講解到拆成無頭機車各個環節，車神首先試一次給志雄看，志雄以為很簡單，但一跨上去，人便整個往前倒：哇，那麼難，師父你是如何辦到的？

不斷從失敗中學習經驗，這是最基本的訓練，不要害怕摔車，越怕越做不好，志雄也持續練著……

一早心如來找志雄，告知一定要來參加畢業典禮，志雄也約心如晚上去夜市玩，並買了一個小禮物準備送心如，心如因即將畢業，也告知志雄一些想法，畢業後我要幫我爸把車隊管理好，志雄也答應心如，一定會在旁協助，二人手牽手散步在夜市人潮中……

「好，下一場動作。」阿良已升格為導演，每次他所導的片子都有很高的票房，有適合的劇本也會上戲演出，拍攝的地點已跑遍了亞洲各地，忙著工作卻冷落了琳達，工作狂的阿良也覺得無法陪伴女友，真是對不起她，手機那頭的琳達也請阿良放心拍電影，會等他回來，琳達一天不見到阿良，就會茶不思飯不想，只能找姐妹們出來解悶……

阿良在電影上的作品，也吸引到唱片公司的注意，希望能為他出唱片。洽談中，阿良一口答應，合作就此拍板，也去電女友，一連串的唱片前期製作開始進行著，並邀請天王御用造型師為他量身打造，持續的錄音，阿良倒覺得新鮮，琳達也來到錄音室探班，並開車至夜市買宵夜給阿良及工作人員。

志雄準備了小禮物，就是要等到明天心如畢業典禮時給她，進了學校，許多的女生，都來要簽名照，畢竟志雄在車界已小有名氣，到哪都有人注意，學生也希望志雄能表現車技，心如也示意志雄表現，這一天真的是師生難忘的畢業典禮……

持續的練習，志雄不灰心的騎著，心中告訴自己，一定要成功。來！三、二、一，拉起車頭、催油門平衡，目前只能成功三公尺，一定位一步一步前進到十公尺、二十公尺；車神的想法是要同一天締造兩項紀錄，同時間挑戰無頭機車，志雄也明白車神苦心，今天的成績表現也得到車神的稱讚鼓勵，對，就是這樣，把車頭拉高，但要小心，千萬不可以往後倒以免造成受傷。

車神集合車隊，分派工作，準備一切該用到的鋼索及器材，並請心如負責媒體及客戶，志雄也交待隊員，仔細保養機車，車神家族要在活動時擔任出場表演。

葉母叫大家去吃飯，對待隊員如家人般的照料，有許多人胖了好幾公斤，但一練起車來，又會回到原來標準的身材。「師母我還要添飯……」「不夠了，我再去煮……。」哈哈，隊員吃得快樂，師母煮得開心，我的客家小菜做得可是全村第一呢，師母自言自語著……

無頭機車真是比想像中難多了，現在無頭機車已練得越來越好，已能騎到約十公尺，但志雄還是持續的挑戰自己的極限，往十五公尺前進。車神也設定驗收日，志雄也加緊練習，一定要完成任務，這天驗收日，所有車隊人員在秘密基地準備所有硬件，今天要同時完成「天地」無頭機車走鋼索世界創舉，車神也吹起了最拿手的樂器：小喇叭開場，技術人員架起空中長五十五公尺鋼排，要由車神來挑戰，而地面由志雄的無頭機車行駛，準備締造這項世界紀錄，所有人也專心的工作著，到了下午，狗仔記者也接獲線報準備前往拍攝，但被心如發現制止，不可外流此消息，等正式挑戰歡迎大家來拍攝，第一次的挑戰以失敗告終，車神也一直在思考如何克服此問題。

阿良的專輯《摩友之歌》唱片大賣，全亞洲宣傳持續進行著，這一天來到活動現場，琳達也組歌迷會為阿良加油並製作大型廣告牌，造型真是特別的出眾，極富創意，看得阿良在台上直感謝歌迷會長琳達，林爸也帶著超跑車隊來加油，這場活動是公益愛心性質，今日所售出的ＣＤ收入會捐作公益之用，林父也當場用女兒琳達的名義買了一萬張ＣＤ，琳達也上台接受主持人、歌手、公益團體的表揚其熱心公益義舉，媒體們也拍了二人頒獎合照，上了娛樂版頭版。

葉母開的客家小館餐廳也即將開幕，主打菜「客家小炒」已打出名號，許多的美食雜誌爭相報導，並接受了縣府表揚「推廣客家文化」的獎狀，持續為客家文化努力。

阿良一邊亞洲宣傳走透透，下一個電影也已簽合約，並致電女友琳達下周會回來，琳達也開心的計劃下一步，她與姊妹淘合資，開了一家重機車店，因為受了男友阿良的影響，也愛上了機車。這一天阿良回國，機場擠滿了歌迷，琳達帶著超跑車隊來接阿良，直奔機車店，到了現場才知道，琳達選了今天作為車店開幕日，媒體們的閃光燈閃不停，琳達也告知阿良，這家店有他的股份，機車企業老闆也會全力支持贊助阿良的電影，阿良感謝琳達一路上持續的幫助阿良，一直當他背後的女人，在事業上更是全力的支持，阿良也抱著琳達感謝她一路的相挺，但在眾媒體面前又不能公開二人關係，琳達說，就讓媒體猜測二人關係好了，為了你的事業，不讓歌迷失望，我願意在你背後默默支持，阿良感動得說不出話。

車隊持續的練習。車神在此次的練習中，差一點摔下來，畢竟在二十公尺高的高度挑戰是非常危險的，技術人員檢查結果是一個螺絲鬆掉，車神也訓誡所有人員，那怕是一個小小螺絲，就會造成世界創舉失敗，不要小看自己的工作崗位，每個人在團隊中都是非常重要的……。所有的人持續就定位，車神聚精會神，轟轟轟催著油門，無頭機車瞬間前進，而在地面上的志雄也拉起無頭機車，在車神來到五十五公尺前是不能腳落地的，此項世界創舉才算成功，但是車神經過了三十五公尺時，志雄卻腳落地了，從早到現在已試過無數次，就是無法成功，狗仔也用遠距離相機想拍攝到車神挑戰成功的畫面，心如也過來安慰志雄，平常心執行此次任務，明日的世界創舉，是車神一輩子所追求的目標之一，一定要完成成功，志雄也告訴心如：我一定不會辜負妳父親的教導，所有的人再次重新定位，好，大家準備再次挑戰，五、四、三、二、一，開始……。

所有的人目光全在車神及志雄身上，二人的專注力全在前方，這時的空氣份外凝重，當專注在一件事情時，所有在旁的人、事、物前不會影響自己，志雄記起了師父說的這句話，堅持著無頭機車的再次挑戰：加油！一定要過關，旁邊的加油打氣聲不斷，但志雄只聽得到自己的心跳聲，快過了四十公尺，加油！哇！四十五公尺……五十公尺……，五十五公尺，到了，車神家族們的堅持付出總算沒白費，總算成功，車神也下來向志雄祝賀，但車神也告訴大家，這是第一次的練習成功，只是目前，大家一定要練到非常熟練才行，繼續練習，就這樣練習到深夜，葉媽媽也準備了拿手好菜帶來現場，總算順利成功，準備明日的挑戰……，車神並交待保全二名留守保護現場，任何人不准進入。

心如一早便已整理了今日所需的各式文宣資料前往挑戰地點，安排各項工作項目，迎接全球媒體的到來，以及溝通現場的活動流程。心如陸續接待了客戶及當地長官就座後，主持人也宣布活動即將在十分鐘後開始，林董也帶著超跑車隊等候進場作開場演出，車神及志雄就坐著超跑進場。在場的機車車友，無不舉起大姆指：加油！車神成功！繞場一圈後，車神與志雄也就定位，準備挑戰，轉播車也就定位，全球車迷正在收看這世界紀錄的誕生，大會主席宣布：三、二、一，開始！認證官也正在紀錄著這項金氏世界紀錄可否成功，主持人報導著挑戰現場：「十公尺、十五公尺、

四十公尺。」車子前進的速度雖然慢，但卻非常穩定的前進，在地面上的志雄也堅持著師父未過五十五公尺前絕不落地，一定要成功！「五十公尺！」主持人也與現場觀眾齊聲倒數公尺數，在貴賓區的阿良、琳達與葉媽媽也在加油著，現場貴賓全站了起來，齊聲加油，因為這是全球機車界的創舉，也是驕傲。在場的外國來賓也被車友團結的心所感動，全場起立鼓掌、加油打氣，「五十三、五十四、五十五！」吔！現場烟火、鞭炮聲不斷，車神大成功締造世界紀錄。

全球正在收看轉播的華人車友無不感動的熱淚盈眶，在台上的認證官也請車神及志雄上台，接受認證及頒發金氏世界紀錄證書。車神並發表感言，志雄也說了要感謝友人的話，車神並把阿良請了上來，車神也向車迷介紹這二位愛徒，下次將隨車神挑戰下一個世界創舉，哇！兩人同聲說：「師父，如此艱難的任務，我想徒弟不便前往。」車神拉起二人的耳朵：「師父的話怎能不聽……」志雄與阿良將等候師父的通知，一起共同締造世界紀錄。

Ending…（待續）

一個傳說的故事，即將開始……

大好文學 1

我愛・機車男

作　　者｜高小敏
出　　版｜大好文化企業社
榮譽發行人｜胡邦崐
發行人暨總編輯｜胡芳芳
總 經 理｜張榮偉
主　　編｜古立綺
編　　輯｜方雪雯
封面設計｜陳文德
美術主編｜楊麗莎
行銷統籌｜胡蓉威
客戶服務｜張凱特
通訊地址｜11157臺北市士林區磺溪街88巷5號三樓
讀者服務信箱｜fonda168@gmail.com
郵政劃撥｜帳號：50371148　戶名：大好文化企業社
讀者服務電話｜02-28380220
讀者訂購傳真｜02-28380220
版面編排｜唯翔工作室 (02)2312-2451
法律顧問｜芃福法律事務所　魯惠良律師
印　　刷｜鴻霖印刷傳媒股份有限公司　0800-521-885
總 經 銷｜大和書報圖書股份有限公司 (02)-8990-2588

ISBN　978-986-93835-7-8（平裝）
出版日期｜2018年9月8日初版
定　　價｜新台幣200元

國家圖書館出版品預行編目資料

我愛・機車男 / 高小敏著. -- 初版. -- 臺北市 : 大好文化企業, 2018.09
128面 ; 15×21公分. -- (大好文學 ; 1)

ISBN　978-986-93835-7-8 (平裝)

857.7　　107011605